사랑의 열매

사랑의 열매

김영성 시집

쏠트라인
SALTLINE

설렘의 봄을 노래하다 보니 어느덧 무더운 여름이 되었다. 여름은 무더위로 짜증도 나지만 나름의 멋과 흥이 있는 계절이다. 녹음이 짙은 산과 들을 구경할 수 있고, 물이 좋아지는 계절이며, 그늘이 좋아지고, 땀을 마음껏 흘려버릴 수 있는 계절이다. 바닷가 해수욕장이며 계곡의 물놀이도 무더운 여름을 보낼 수 있는 피서지이다.

지난번에 발간한 『꽃길』에 이어 이번 시집도 평범한 일상의 이야기를 풀어서 써봤다. 시집의 내용은 인생의 삶 이야기, 주변 이야기, 나의 흔적 같은 추억 이야기를 시의 소재로 잡아서 썼다. 이 시집에서 몇 편이라도 여러분의 마음에 울림으로 간다면 나로서는 큰 보람이라 생각한다.

시는 마음을 담아내는 울림이라고 본다. 다 함께 공감되는 시간이 되었으면 한다.

2022. 7.

김영성

차
례

■ 시인의 말

제1부

제2부

제3부

제4부

제1부

난초

개울가 난초
생기 돋은 푸른 잎에
꽃대 올리어
노랑꽃 피우니
개울이 환해졌네

물에 비친 그 모습
청초한 여인의 얼굴인가
녹색 치마에
노란 저고리 입은 여인

부드러운 꽃잎
곱게 피어
흐르는 개울 물소리와
어우러지니

청순한 여인의 봄노래인가

봄날의 흥취가

온 개울을 가득 채우네

고목

비바람과 세월에 일그러져
숲속에 조용히 누워있는 고목

한때는 푸른 잎 달고
당당하고 생기 있는
숲속의 한 가족이었겠지

지금은 뼈대만 앙상한 채로
넘어져 조용히 누워있으니
인간사와 별반 다르지 않구나

고목도 자연의 섭리에 따라
오랜 세월을 두고 서서히
숲의 자양분으로 돌아가겠구나

산딸기

숲으로 난 길가에
붉고 요염하게 익은 산딸기

빨간 볼 드러내어
내 입을 유혹하니

입안에 단맛 솟아올라
살포시 손 내밀어 덮치려다

하도 탐스럽고 예뻐
카메라에 살며시 담네
두고두고 보려고

남몰래 혼자서
눈으로만 먹어 보려고
자린고비 영감처럼

꿈

간밤에 꿈꾸었어라
나도 모르는 세계에
다녀왔어라

꿈에서는 못할 것 없었네

하늘도 날아 보고
돌아가신 이도 보고
멀리 떨어져 있는 이도 보고
옛날에는 있었지만

지금은 볼 수 없는
그때의 산천 모습도 보고
모르는 얼굴도 보고
모르는 세상도 보고

꿈은 나에 대해
말하고픈 암시이런가
나의 바람이런가

꿈에 젖어 꿈을 꾸고
꿈에서 경험하는
나도 모르는 무지의 세계

간밤에 꿈꾸었어라
또 다른 나를 보고 왔어라

두려움

두려움은 육체의 떨림과
마음의 아픔이네

두려움은 어둠이요
공포를 조장하네

두려움을 싫어하지만
간간이 찾아오니

두려움 막아보려 하지만
연기처럼 벌써 스며들어
숨 막히게 하네

이미 들어온 두려움을
어찌할 수 없어

내 창문 활짝 열어
소통할 수밖에 없네

어느새 두려움 창밖으로
사라져 버렸네

내 가슴에 신선한
공기가 다시 찾아드네

나만의 시간

산행하는 시간
나만의 시간
재촉도 없고 바쁨도 없네

솟아나는 생각의 물
마음껏 마셔보니

마음이 편안便安해지면서
그지없이 좋아라

나만의 시간이
무엇보다 소중한 시간

소중한 시간의 능선을 타고
내 마음으로
이어지는 산길

말

누구나 하는 말
마음속의 말
의사전달의 말

같은 내용
같은 뜻이지만

말하는 이에 따라
그 느낌 다르고

분위기와 감정에 따라
그 느낌 다르니

말로 말을 평가하기가
그지없이 어려워라

아카시아 꽃잎

아카시아 꽃잎이
눈송이처럼 휘날려
떨어지던 날

아카시아 향기도
함께 떨어졌네

떨어진 꽃잎
쌓인 길에서

떠나버린 사람 생각나
아픈 추억을 밟으니

향기로운 쓸쓸함이
가슴까지 차오르네

감사의 마음

재산은 있다가도
없어지기 쉬운 것

움켜쥔다고 지켜지는 것도 아니며
남의 것 빼앗는다 해서
부자 되는 것도 아니고

많은 재산 모아 놓았다가
다음 세상까지
가져갈 수도 없다네

있는 만큼에서 만족하고
어려운 이에게 베풀면서
감사하는 마음으로 살아 보세

현재의 내가 생존함에
감사하며 살아 보세

거부의 힘

세상을 살다 보면
거부할 일 생기네

그러나 이런저런
사유나 사정으로
거부할 기회 놓쳐버리면

마음이 아플 수도
시간을 허비할 수도
기회를 놓칠 수도 있네

그러다 보면 결국에는
부담으로 다가올 수 있네

때로는 아니라고
말할 수 있는

용기가 필요하네

거부!
즐겨 쓰지 않아야 할 단어지만

때에 따라서는
거부할 수 있는
결단력도 지녀야 하네

어릴 때의 효도

어릴 때의 효도는
주고받음의 효도라기보다

건강하게 잘 자라주는 것만으로도
부모에게 효도라네

보기만 하여도
마음이 흐뭇하여 오고

예쁜 짓 받아가며
보살펴주는 자체가
부모의 기쁨이라네

'어릴 때가 내 자식' 이란 말처럼
아이 때는 부모 말 잘 따라주다가

성인 되어 가면서
자기 갈 길 가다 보면

서로의 관계가 자연스럽게
서서히 멀어지게 되네

세상 보는 법

세상은 누구나
보이는 대로 본다네

보이는 대로만 보다 보면
보이는 만큼만 알 수 있으니

고정시각에서 벗어나
돌려도 보고
거꾸로도 보고
뒤집어도 보고
위아래로도 보고
열어도 보소

알지 못했던 많은
부분이 보일 수 있다네

인생도 이와 같은 것
한번 시도로 낙담하지 말고

많은 방도를 찾아
삶의 도전을 시도해 보게나

삶의 애잔함

삶을 살다 보면
갖가지 삶을 경험하게 되네

무리한 요구도 받아보고
알게 모르게 빼앗겨도 보고
과도한 낭비도 하고

간섭으로 자유롭지 못한 삶
가진 게 없어 허덕이는 삶
남에게 기죽지 않으려는 삶
건강에 대한 불안한 삶 등

내 마음이 그늘일 때
나도 모르게 뭇 사람들에게
짜증이 나고 화가 나서
내색하다 보면

서로 상처가 되고
후회만 남게 되네

좀 더 베풀걸
좀 더 편하게 해줄걸
좀 더 기분 좋게 대할 걸 등
삶의 애잔함이 느껴지는
그늘진 하루의 상념

달리기 시합

선수 달리기 시합이 아닌
친목 행사 달리기 시합

그래도 시합인지라
긴장감이 감돌고
가슴은 콩당콩당

몸을 대충 풀고
출발선에 섰네

통제자의 호각소리에
몸을 힘껏 앞으로 내달리어

다리에 힘을 주고
폭 크게 하여
빨리 움직이며

온몸을 휘저으니

갈수록 숨이 차고
다리 힘도 빠지면서
휘청 휘청이는 몸

어느새 상대는
나를 앞질러 저만큼 달리네

온 힘을 다 써보지만
내 한계가 느껴지네

이번 달리기 시합은
내 몸의 역량을 시험해 보는
기회만 되었네

몸 학대

젊은이여 몸 함부로 쓰지 말게
나이 먹어 골병으로
나타날 수 있으니

이가 튼튼하다고
아무거나 물어뜯고

뼈가 튼튼하다고
아무 데나 부딪치고

위장이 튼튼하다고
거친 음식 함부로 섭취하고

정신 멀쩡하다고
과도한 신경 쓰다 보면

자기도 모르게
몸이 서서히 망가져서

나이 들어 수리할 곳
많아지니 명심하게

젊은 한때 함부로 하던 몸 학대
후회할 날 올 수 있다네

숲길 여인

우연히 숲길에서 만난
어여쁜 자태의 여인

멋진 모자에
긴 머리 늘어뜨리고
빨간 바지에
녹색 윗옷

절묘하게 맞아떨어져
숲길 걸어 다니는
한 떨기 꽃으로
가는 숲길
화려하게 꾸며 버렸네

그 어여쁜 꽃
계절처럼

걸음 재촉하여
사라지니

숲속의 허전함이
길게 여운餘韻으로 남네

선물膳物

선물은 받는 이를
기쁘게 하네
값나가는 선물이 더 좋고
내가 좋아하는 선물이
더 좋아라

그러나 선물은
마음을 담은 정성과
주는 이의 능력에 맞는 것으로
받아야 함이 옳지 않을까

받아서 부담스럽고
주고서 힘들어하는
그런 선물은 하지 말자

선물이 과하면

뇌물이 되기 쉽고
선물이 약하면
안 한 것만 못하니

적당適當한 선에서
처지에 맞게
서로 간에 정
두터이 하는 선물이
진짜 선물이 아닐까

부조扶助문화

예전에 부조문화
참 소박했었네

달걀 한 꾸러미
고구마 한 자루
수박 한 덩이
쌀 한 되……

이웃 제사, 애경사
다 챙겼지

그때는 아무 불만 없었네
오히려 인정 많은 세상이었지

지금의 부조문화
돈 봉투가 당연한 세상

통장 입금
대리 전달

그래서인지
인정이 말라가고
만남의 정도 희미해져라

서로 부대끼며 돕던 부조문화
오가는 부조문화
다시 만들 수는 없을까

짝사랑

끌림은 좋은 감정을 만들고
좋은 감정은 사랑의
감정으로 연결되어
그리움으로 변하네

사랑고백 받아주면
사랑의 열매를 맺지만
사랑고백 받아주지 않으면
짝사랑으로 남네

이루지 못해 더욱 그리워
애달픔이 되는 외사랑

아픈 가슴에
아름다운 꽃이 되어
날마다 피고 지네

제2부

시詩의 흥취興趣

온갖 세상사 시로
표현할 수 있으니

시의 생활화로
시의 흥취에 젖어보네

희로애락 세상사
짧은 글로 표현하니

우리 삶이 시에 있고
시에 우리 삶이 담겨 있구나

삶을 시로 노래하니
이 또한 흥이 아닐쏜가

시를 쓰는 방

시를 쓰려 하면
나만의 방이 생기네

누구도 들어올 수 없는
나만의 방

방안에 쌓인 많은 재료
이리저리 짜 맞추어

이리 보고 저리 보고
손질하여 내놓은 시의 얼굴

그 얼굴에 내 모습이 있고
내 마음 담겼어라

벗이여, 시를 읽거든
나를 보듯 하게나

인간 덩굴

우리의 삶에도
덩굴이 드리워져 있네

꽃 피우는 연약하고 어여쁜 덩굴
온몸을 쥐어짜듯
휘감아 오르는 고약한 덩굴

강남 제비 덩굴
꽃뱀 아가씨 덩굴
빌붙어 사는 기생 덩굴

알면서도 같이하고
모르면서도 같이하니

인간의 덩굴
어찌하면 좋을까

단점 대체代替

누구나 장점 단점
다 있기 마련이네

장점 있다고 자만하지 말고
단점 있다고 기죽지 마세

굼벵이도 구르는 재주는
있다 했으니

저마다 장점 찾아
당당하게 내세우고

나의 단점 보완할 수 있는
대체 장점 만들어

기죽지 않은 삶
행복한 삶 살아 보세

아버지와 아들

산 중턱 오르는 길
헉! 헉! 헉!

아들은 힘들다고
떼를 쓰며 안 오르려 하고
아버지는 가자고 다그치네

정상에 오르면
만족과 기쁨 오련만
당장의 고통에
포기하려 하니
지켜보기 안타까워라

인생에 있어
힘든 날 없이
어찌 손쉽게

성공을 얻을 수 있나

오늘의 고통
인생 수련이니
잘 이겨 내보세

마음의 독백

나와의 대화 독백
나 혼자만의 대화
내 마음에 묻고
내 마음에 답해본다

나에 맞닥뜨린 현실
자연스런 몸의 반응이요
몸을 일깨워주기 위한
마음의 알림이다

누구나 하는 독백
입으로, 마음속으로
독백이 나의 생각과
행동을 통제하고 있었네

독백이 나를 지키고
성찰省察의 길로 안내하고 있었네

혼잣말

휴대폰 기능이
발달함에 따라

앉아서나 걸어가면서도
혼잣말하는 사람 늘었네

통화의 간편함도 좋지만
누가 보면 혼잣말하는
사람으로 오인하겠네

사람 안 보고도 대화하는
편리한 시대가 열렸는데

뭔가 씁쓸한 기운은
어디서 불어오는 걸까?

유행流行

유행은 한때의
흐름이어라

시대의 이슈issue화
이국 문화의 유입 등

추억의 옛 시절
나팔바지
일자바지
쫄바지
핫바지 등

유행은 시대가 만들어내고
시간이 지나면
또 다른 유행을 만드는구나

유행 따라 사는 것도
제멋이니

세월歲月의 흐름에 따라
요동쳐 오는 유행을
어찌할 수 없구나

자기 결정

세상을 살다 보면
선택할 거리도 많아
결정을 다그치면 얼떨결에
엉뚱한 결정하기 쉽네

결정은 신중해야 하지만
순간을 요구하는 경우도 있고
생명과 직결된
무서운 순간의 결정도 있네

결정을 안 하고
포기할 수도 있지만
어쩔 수 없이
결정해야 할 때가 있네

때로는 과감한 자기 결정
내려야 할 때 있으니

후회 없는 결정 내릴 수 있도록
평상시 지혜와 역량
키워나가야 하네

옛것

첨단 분야 대면하다
옛것 무시하는 경향 있네

오늘의 첨단 과학 있기까지
과거의 무수한 시행착오
과정 무시할 수 없으니

자칫 결과만 놓고
과정을 무시하는 것이 되므로

옛것 쓸모없다고
무시하지 말고
옛것을 이해하고 나서
비판함이 옳지 않을까

옛것에도 진주 같은 보석
숨어있을 수 있으니
옛것을 돌이켜보고
선대의 지혜 찾아보세

나무

아무 데서나 잘 자라는 나무
수명도 길다네

인간 손 타지 않고
병들지 않고
천재지변 만나지 않으면
몇백 년, 몇천 년
살 수도 있다네

나무는 더운 여름
그늘도 만들어 주고
볼거리도 만들어 주고

목재 등 자재로도 쓰이고
산소동화작용으로
공기를 유용하게 만들어주고

화목을 제공해 주며

산사태나 홍수 방지 역할도 하고
때로는 맛있는 과일까지
아낌없이 내어주네

우리의 귀중한 자원이며
함께 살아가야 할
동반자 관계인 나무

손잡고 걷는 연인

길 가다 마주친
손잡은 연인들

다정스런 대화 나누니
사랑의 열기가
내 가슴으로까지 전해지네

그 모습에 생각나는
한때의 연인들
잘 지내고 있는지
궁금해지는 시간

잡은 손 영원히
행복하기를
추억의 마음으로 바래보네

그늘

우리가 그늘 하면
오아시스의 그늘을 생각하네

그늘은 빛이 만들어낸 그림자
물체의 빛 가림 부분

햇볕이 뜨거워지면서
그늘이 그리워지고
그늘의 고마움도 느껴지네

그늘은 쉼의 공간이 되고
삶의 공간이 되네

그늘에 산들바람까지 불어주면
금상첨화錦上添花
신선이 따로 없어라

작은 것

대개의 경우 작은 것보다
큰 것을 부러워하네

집도 큰 집
땅도 큰 땅

큰 것을 바라는 건
욕심을 냄이니

작음의 알뜰한 행복
놓칠까 염려되네

큰 것은
관리하기 어렵고
지키기도 부담이요
경비도 많이 들고

큰 것 나름의 고충이 있으니

큰 것만 쫓지 말고
작음에서도 행복을
찾아봄이 어떨까

미인

한 떨기 예쁜 꽃처럼
잘 빚은 조각상처럼
어여쁜 여인

얼굴에 생기 어린
미소를 발하면

모든 이의 가슴
설레게 하고
시선 멈추게 하네

미인박명美人薄命이란
말도 하지만
아름다움을 가진 것도
복이려니

그 고운 자태 잘 지켜서

뭇 사람 사랑

듬뿍 받길 바라네

하트 마크

아가씨 티셔츠에
새겨진 하트 마크

사랑의 갈망인가
정열의 손짓인가

사랑의 하트 마크
사랑의 표시로 통하니
사랑의 대명사代名詞가 되었구나

손가락으로 입술로
양팔로 온몸으로
하트 마크 표현하니

사랑 가득한 세상
만들어지겠구나

생각은 샘물

생각은 샘물인가
퍼 올려도 채워지고

더 맑은 물 솟아 나니
생각의 물 퍼 올려 맘껏 써보세

새로운 물 솟아나게
자꾸자꾸 퍼 올리세

생각의 물 쓰지 않고 고이면
웅덩이 물일뿐

생기 없는 물로 남는다네

감꽃

어린 시절
배고픈 시절

남의 집 울타리 너머로 뻗은
감나무 가지에
감꽃이 필 때면

감꽃 떨어지기를 기다려
누가 먼저 주울세라
주워 바구니에 담았네

먹어도 보고
실에 꿰어 꽃팔찌,
꽃목걸이 만들어 걸었던
추억의 감꽃

올해도 어김없이
감꽃은 피고
땅에 떨어지건만

어느 누구 신경 쓰지 않네
감꽃, 피었다 지건만

흙

우리의 삶과 직결되어 있는 흙

미생물과 자양분이 있어
생명의 근원 환경을 만들어 주네

디딤의 공간을 만들어 주고
삶의 양식처를 만들어 주는 흙

우리 몸도 결국 흙으로 돌아가니

흙은 우리의 본향이려나
나 또한 흙의 자양분이려나

제3부

개구리

개굴개굴 개구리
물 댄 논에서 울 때

반가운 소리에
귀 기울여 보네

개구리 소리는
자연의 소리
시골의 소리
내 마음의 소리

널리 울려 퍼지니
평온함도 함께 퍼지네

상쾌한 시골 풍경이
눈 감고도 펼쳐지네

나 먼저 들여다보기

남의 허물 들여다보며
이러쿵저러쿵 흉보는 소리

명강사 나셨다
웅변가가 따로 없네
속 끓이고 에너지 소비
들어주는 이들도 힘들어라

그대여! 남 허물 보기 전에
나 먼저 들여다보게
둘러보면 이런저런 허물 많다네

내 발등에 불이 먼저인가
강 건너 불이 먼저일까

눈물의 호소

살다 보면 부탁할 일도 생기고
설득할 일도 생기네

처음에는 지나가는 말로
다음에는 다소 진지한 말로
다음에는 이유理由를 붙여 진지한 말로
다음에는 사유事由를 붙여 호소의 말로
다음에는 눈물로 호소하네

눈물의 호소까지야
가는 일이 얼마나 있겠는가만은

마음을 움직일 수 있는
절실한 단계이니
신중히 사용해 보는 것은 어떠할까
목적을 위한 절실한 수단으로

먹고 사는 것

살기 위해 먹는가
먹기 위해 사는가

먹음 없이 생존하기 어려워라
먹음은 생명의 유지 수단이니

먹을거리 찾는 것도
삶의 원리구나

살기 위해 먹어야 한다면
맛있는 먹거리 찾아가며
맛의 즐거움을 누려 보세

먹기 위해 사는 것처럼

돈

누구나 원하고
누구나 좋아하는 돈

돈을 벌기 위해
많은 일을 마다 않고
고통이 따르고 힘들어도
달게 참아 낸다네

돈의 위력은
가늠할 수 없으니
돈에 대해 말도 많고
탈도 많지만

돈은 우리의 모든 생활을
가능하게 하는
필수적 동반자라네

조명照明

조명은 단순히 공간을

밝게 하는 것만은 아니라네

조명에는 조화가 있고

예술적인 삶이 숨어있다네

조명의 밝기, 방향, 색깔, 온도, 집중,

파장, 퍼짐, 주변 배경, 움직임 등에 따라

폭풍 광란의 분위기도 만들고

환상의 세계도 연출하며

우리를 잠재우는 아득한

분위기로 변환시킬 수도 있어

느낌이 달라지고 마음을 움직이니

가히 예술이라 아니할 손가

조명은 일상에도 적용할 수 있으니

조명의 효과 누려봄이 어떠할까

빛이 만들어낸 예술

우리의 삶을 풍부하게 하는 조명

세월

단잠을 깨고 나니
허전한 마음

내 나이 몇이더라
생각하는 시간

해 놓은 게 무엇이고
할 것이 무엇인가
나를 점검하는 시간

먼 뒤안의 세계로
멀어져간 보고픈 얼굴들이
머리를 스쳐 가고

울컥하는 마음을
쓸어내리는

적막의 시간
멍 때리는 시간

정신을 차려 일과를 살펴보고
하루를 진행해 본다

또 내 인생 한 페이지
세월이 넘어가나 보다

보리수 열매

정원에 서 있는 보리수나무
아주 작은 나팔꽃
봄에 수없이 피더니만

열매가 주렁주렁 열렸네
연녹색에서 새빨갛게 익어
농익은 싱그러운 열매

한 움큼 따 입에 넣고
오물오물하면
달콤한 맛 꿀이 부럽지 않네

생각만 해도 군침이 돋는
잘 익은 보리수 열매

성숙한 여인의

사랑의 갈망 마냥
새빨갛게 익었네 여물었네

나를 맛보고 가라고
유혹하고 있는
우리 집 정원의 보리수 열매

선의의 거짓말

세상을 살다 보면
거짓말 안 할 수 없네

정직을 논하고
거짓을 논해도

어쩔 수 없는
삶의 흐름인가
생존의 몸부림인가

선의의 거짓말
악의의 거짓말

거짓말이 난무하는
세상에 살고 있으니

알고도 속고
모르고도 속는

거짓말의 세계
어쩔 수가 없구나

정직이 때로는 불행을
자초할 수 있으니

선의의 거짓말
눈감아 주세
따지지 마세
서로를 위하여

새소리 울림

하루를 여는 숲속
새소리 울려 퍼지네

삶의 일상일까
존재의 알림일까

갖가지 새들의 울림
새들 나름의 소리가
내 가슴을 파고드네

새들의 얼굴
볼 수는 없어도

그들만의 진지한 대화에
나도 한 축 끼려고
가만히 귀담아듣고 있으려니

어느새 숲속의
한 가족이 되어 있네

그들만의 대화
가만히 들어주는 것만으로도
나도 숲속 가족 되어 있었네

여행 전야前夜

내일은 관광여행
떠나는 날

짐 가방을 챙겨보고
옷가지 등 이것저것
가방에 넣는 이 기분

어릴 때 소풍가는 날
기다려지듯
어른이 되어서도
여행가는 날
기다려져

들뜬 마음
어쩔 수가 없구나

내일의 여행이 기대되어
한껏 부풀어 올라
설레는 마음 다독여
잠을 청해보네

여행 전야
설레는 마음
깊어가네

자기 소개

어딜 가나
사람이 모이면
자기소개가
필수인 시대

자기소개하란 말에
긴장감이 흐르고
나에 대해 무얼 말할까
고민하던 차에

차례 되어 한 말
사는 곳과 이름 석 자뿐

남들이야 자기소개
열심히도 하건만
나는 할 말이

왜 이리도 없을까

조용하고 단순한
나를 원해서인가

아버지가 지어준
이름 석 자가
자랑스러울 뿐이네

내 이름 석 자에
내 삶이 들어있어서인가

관광버스 타고

관광버스 타고
여행 가는 날

설레는 마음으로 버스에 올라
이리저리 둘러 보다
짐 가방 얹어 놓고 자리에 앉으니
출발 준비 끝났구나

안내원이 인원 확인하고
출발 신호하니
육중한 관광버스
서서히 움직여 출발한다

차창을 보니 속도감 느껴지고
수 없이 지나치는 풍경
한 편의 영화라도 보듯이
시야를 부지런히 스쳐 간다

차에서 울려 퍼지는
트로트 노랫가락
여행객들 기분 한껏 올려주고

흥겨운 관광버스
목적지를 향해
신나게 달려간다

흥을 싣고 여유를 싣고
우리의 부푼 마음도 싣고
신나게 달려가는 관광버스

가는 것도 관광
관광지 둘러보는 것도 관광
되돌아오는 것도 관광

유행가

삶의 희로애락과
우리네 사연을
노래하는 유행가

술 한 잔에 이내 마음
표현해줄 노래가 있으니
유행가 노랫가락에
내 마음 담겨 있으니

내 마음 읽어주는 노랫말
너는 나의 해결사

노래하는 그대 목청 좋고
노래 가사 심중을 울리니
신나는 반주에 어울려

환락歡樂의 세계 만드네
흥의 세계로 안내하네

영원히 함께할 친구
유행가가 내 마음 알아주니
나도 유행가가 좋아라

과음

술상을 같이하는 만남 속에서
분위기 밋밋하여 술 한 잔 꿀꺽하면

술의 묘한 힘에 기분 좋아지고
기분 좋아지니 이야기 만들어지고

이야기 속에 술 서로 권하니
이제는 술이 술을 마시는구나

술 취한 채로 잠이 들고
아침에 눈을 뜨니
머리 띵띵, 속이 울렁울렁

지켜오던 생활 리듬 저리 밀쳐내고
술독의 고통에서 벗어남이
나의 바람이 되었구나

술도 좋다마는
마시고 나서 후회하니
술이 좋다가도 미워지네

적당한 술이라고 말하지만
마시다 보면 멈추기 어려워라

과음! 건강에도 해롭고
실수도 따를 수 있으니

그대여! 술도 좋지마는
과음은 피하는 게 좋을성싶구나

호칭呼稱

호칭은 지위나 현재 나를
나타내는 이름으로
호칭을 붙여 부르면
호칭에 맞는 그릇이 되어라

형님!, 아우야!
형은 형답게
아우는 아우답게
호칭에 따라 행동하누나

호칭은 상하좌우 관계를
확실하게 정리하고
역할에 맞는 일을 하게 하네

호칭 문화 활용하여
위계 구조도 세우고

불러서 정감 가는 호칭
들어서 기분 좋은 호칭으로

주고받는 호칭 문화에
상호 신뢰信賴 쌓는
행복한 사회 이루어 보세

울타리

울타리의 역할
우리 생활과 관련되어 있네

소유권 경계의 표시
무단 침입 방지
사생활의 보장 등

울타리가 우리에게
주는 의미는 다양하네

어떤 이는 울타리 없는
세상도 꿈꾸지만
나는 울타리가
필요해 보인다네

세상이 환상적이지

않아서 일까
세상에 대한 경계심
때문일까

울타리가 없다면
왠지 불안해지고
허전해질 것 같은
나 자신을 상상해 보네

만남

이웃사촌이란 말이 있어
멀리 있는 피붙이 보다
가까이 있는 이웃이 더 가까워진다네

만남의 횟수에 따라
정의 깊이 달라지니
만남 횟수가
관계와 깊이를 가늠하는구나

좋은 사람 있다 싶으면
자주 만나소
만남 속에 정도 사랑도
소록소록 커가니

그러니 만남의 힘
어이 소홀히 할 수 있겠는가

얼굴

저마다 얼굴 생김이 다르고
마음 쓰임이 다르니
표정 또한 제각각

웃음을 머금은 얼굴
긴장된 침묵의 얼굴
불평스런 찡그린 얼굴

얼굴은 나의 간판이니
평상시 표정에 신경 써 보세

거울도 보고 조언도 받고
내 얼굴 바꿔봄이 어떨까

마음의 수양 쌓아서
좋은 인상 가져봄이 어떨까

보고 싶은 얼굴

문득 보고 싶은 얼굴이 있다

한때는 미워했던 얼굴
한때는 좋아했던 얼굴
한때는 무관심했던 얼굴

삶에서 만났던 추억의 얼굴들
가끔은 만나 차 한 잔의
여유를 가지고 싶다

지금은 어디서 무엇을 하는지
알 수는 없지만

나만의 보고픈 바람은
옛 시절로 꼬리에 꼬리를 물고
들어가며 서서히 사라진다

제4부

세상은 내 편

우리가 목적하는 일이
이루어지지 않을 경우
나를 되돌아보지 않고
탓 거리를 찾는구나

이것이 걸림이 되어
저것이 방해해서
누가 도와주지 않아서…
참 탓 거리도 많아라

그러나 곰곰이 생각해 보소
내 편이 많음을 알 것이네

모든 건 생각하기 나름
정말 내 편이 없다면
당장 생존하기도 어려워라

하다못해 미생물까지도
우리를 돕지 않는다면
나는 존재할 수 없으니

성취成就

누구나 성취를 갈망하네
하찮은 일부터
원대한 일까지

성취의 길에
성공도 실패도 많아라

성취의 희열과
실패의 고통이 공존하니

우리의 삶
긴장의 연속이어라

성취는 간절한 바람과
피나는 노력의 결과이니

대가 없는 성취
바라지 말고

성취를 위해 무엇을
얼마나 열심히 하였는지
깊이 생각해 보세

후회後悔

누구나 후회하는
삶을 산다네

이루지 못함의 후회
기회 놓침에 대한 후회
더 잘할 걸에 대한 후회……

후회는 끝이 없으니
후회 없는 삶을 기대하는
자체가 욕심이어라

한숨 속에 사는 후회
훅 불어버리고

신선한 공기로 채워
희망을 노래하세

오는 후회

가는 후회

자연스럽게 받아주고

자연스럽게 보내 주세

안압지雁鴨池 야경

경상북도 경주시에 있는
신라 때의 연못

경주의 야경명소로
'동궁과 월지'로도 부르는
신라 옛 궁궐터 정원이라네

밤이 되어
연못에 불이 켜지니
지상의 풍경과
물속의 풍경이
대칭형으로 나타나

환상의 그림 같구나
볼수록 경이롭고 신비롭구나

화려한 밤 야경이
꿈속의 풍경인 양하여
눈만 끔벅끔벅

다시 눈을 떠
현실임을 확인하는
안압지 야경
과연 세계적인 명소로다

잡담雜談

삶의 이야기
소소한 주제의 잡담
참새 지저귀듯
여기저기서 왁자지껄

때로는 잡담 듣기 싫지만
새들처럼 지저귀는
삶의 노래라 생각하고
그들의 잡담
귀담아들었더니

나도 그들과 같은
잡담꾼이 되었어라
잡담에도 일상의
재미가 있었어라

체조

몸의 전체 근육 풀어주는
학창시절 보건체조
지금도 그때 체조 활용하니 좋아라

체조는 몸의 근육 풀어주고
몸의 순환 도와주니
누구나 해야 할 생활습관
시간 장소 구분 없는 기본운동

쉬는 시간 이용해
체조 시간 가져보세

체조로 몸 풀어주니
정신도 맑아지고 마음도 상쾌하여라
잠시의 시간 투자가 건강 얻는 체조 시간

위험한 상상

가끔가다 나도
위험한 상상을 한다

어떤 때는 잔인하게
싸우는 나를 발견하고

욕심나서 남의 물건
훔쳐 오는 나도 보이고

어여쁜 이성 보면
사랑에 빠져 달콤함에 취한다

상상은 행동을 낳고
실행하기 쉬운 법

상상 속의 욕망 키우다가

현실화 될까 두려워라

지나친 상상의 나래
너무 오래 펼치지 않게

꿈속 같은 생각
흔들어 깨우네

이 꿈의 현실화는
파멸로 가는 길일 수 있으니

소식小食

우리는 먹지 않고는
생존할 수 없네

하루 세 끼 밥을 먹어야 하고
간식도 간간이 먹어야 하네

먹는 양에 따라
대식가와 소식가로 나눠지고
먹는 재료에 따라
채식주의니 육식주의로
분류하기도 하지만

사람은 어차피 적당한 음식을
섭취하여야 하네

체구와 움직임의 정도 등에 따라

먹는 양도 결정되지만
적게 먹어야 건강에 좋으니
부족한 듯 먹기를 권하네

과식으로 소화기관 힘들어지면
질병에 약해지고
과식은 일시적인 만족일 뿐
내 몸 힘들어지니

많이 먹음과 맛에 흥취 되어
돈 낭비에 건강 잃지 말고

적게 먹고 건강 유지하여
천수를 누려보세

욕심

욕심은 나의 적
일의 그릇된 원인이
욕심에서 기인한 게 많으니

욕심을 경계하리라
가슴 아픔과 실패도
파멸과 고통도
과욕에서 비롯된 것이니

가진 만큼에 감사하고
작은 성취에도 감사하고
있음에서 행복 찾으리

넘치는 욕심이 만들어낸
그 어떠한 것도
누리지 못할 행복이라면
후회와 허무만 남으니

건배乾杯

술 마시는 자리
건배사가 빠질 수 없지

이런저런 건배사 잘도 만들어서
힘찬 구호 아래 부딪치는 술잔

술이 출렁
마음이 출렁
술을 꿀꺽
걱정도 꿀꺽

기분이 좋아지는 건배사
술 취하게 하는 건배사

건배사와 함께
술자리 익어간다

농부의 꿈

나는 땅을 벗 삼아 살아가는 농부라네
내가 사랑하는 흙을 만지는 느낌 너무 좋다네

흙에서 자라나는 곡식들
나에게 아양 부리듯 기쁨을 주고
나 또한 그들을 위해 사랑과 정성을 쏟네

어디 아픈 데 없는지 누가 괴롭히지는 않는지
그들과 대화도 해보고 마음의 정도 주어보네

그들을 괴롭히는 자가 있으면 혼내주려고
내 손에는 항상 호미와 낫, 농기구가 들려있다네

땅의 향기와 그들의 향기에 젖어
지칠 줄 모르고 움직이니 온몸에 땀이 흐르고
땀의 향기는 곡식들을 위로하네

곡식이 익어가면 새들이 모여들고
새들의 노랫소리 온 벌판을 울리니
벌판에 자연의 일상이 펼쳐지네

코끝을 스치는 풀냄새와 어디 숨어 노래하는지
풀벌레 소리에 지친 몸 쉬어 드니
즐거운 콧노래 울려 퍼지고

어느새 얼굴에는 행복한 미소 지어지니
내 가슴에 한없는 설렘과 희망이 솟구쳐 오르네
그들의 탐스러운 자람과 결실 바라보면서…

바쁨 속의 여유

우리는 항상 무엇에
쫓기듯 움직이며 사네

움직임이 없으면 삶의
의미도 없는 것처럼

인간은 움직이는 삶을
추구하며 사네

이렇듯 바쁜 일상에서
일에 몰두하다 보면
쉼의 여유를 소홀히 하게 되네

쉼의 여유는 힘을 축적하는
시간이요 긴장을 풀어주니

능률과 효과에 많은
영향을 미치게 되네

여보 게나!
힘들면 잠시 쉬어가게

쉼은 더 빨리 가기 위한
준비이니

바쁜 삶 속에서도 여유의 시간
만들어 가며 살아가세

기죽지 않는 삶

기죽는다는 것은 내가 남보다
못함을 인정하는 것

밀리는 힘
기능에서의 부족함
월등한 두뇌활동에서의 뒤짐
열등감에서의 자책감……

그러나 보이는 것 그 자체가
전부가 아닌 것
누구에게나 잘하는 것이 있고
월등하게 능력을 발휘할 수도 있으니

기죽지 말고 나의 특기 찾아보세
기죽지 말고 내 삶을 개척하여

남의 능력도 인정해주고
나의 능력도 선보일 수 있는
자랑 같은 삶 만들어 보세

긍정의 말

대화를 하다 보면
흔히 "아니야"란 단어
나도 모르게 즐겨 쓰네

결론을 말하는 의사표시처럼
들릴지 모르지만
거부를 의미하고
상대방을 마음에서 멀어지게 하는
원인을 가져오네

우리 부정적인 말보다
긍정적인 말을 사용하세

"아니야"보다 "그래"로 시작하여
기분 좋은 말이나 합당한 이치에
맞는 말로 설명해주고

배려하는 마음도 보여 주세

생각해 보면 긍정적으로
바꿔 쓸 말 많다네

긍정의 말은 긍정의 결과를
부정의 말은 부정의 결과를
가져오나니

긍정적인 표현으로
나와 함께하는 무리들
내 편 만들어 뜻하는바 이루고
행복한 삶을 영위營爲해 보세

망설여지는 이유

베풀고 살려 해도
망설여지는 것은 무슨 이유일까

상대방의 받아들임에 대한
염려 때문이다

무조건 베풀려 하면
무슨 수작 부리려 하나 의심하고

물건을 건네면 좋아하는 이도
있겠지만, 부담스러워하는
이도 있으니

베푸는 것도 배려이고
기회가 맞아야 하거늘

서로의 공감 하에
진정한 베풀기가 있음인가

절실한 도움의 요청이어야
진정한 베풀기인가

웃음의 마법

하! 하! 하! 하!
으! 하! 하! 하!

웃어보자
무조건 웃어보자

기분이 좋아서 웃고
우울해도 웃고
기분 나빠도 웃고
슬퍼도 웃고
심심해도 웃고

웃다 보면
진짜 웃음 나오고

진짜 웃음 나오면

모든 게 잘될 것이네

모든 것이 해결되니
행복함이 내 가슴으로
파도처럼 밀려오네

행복하려면

행복하려면
행복한 말 사용하고
행복한 웃음 지어보고
행복한 생각 해보고
행복을 노래하세

행복은 누가 주는 것이 아니라
자신이 만드는 것이니
즐겁게 행복한 습관
일부러라도 만들어 보세

몸따라 마음도 가고
마음따라 몸도 가는 법이니
행복한 척 해보세
덩달아 행복해지게

귀가

고단한 일정 마치고
집으로 가는 길

해는 서쪽에서
그 빛 바래간다

지친 육신 이끌고
집으로 향하는 발걸음

보금자리 찾아가는
안도의 시간

내 삶의 시간
나로 되돌리는 시간

우리글

한글은 우리글
우리나라 글

우리글이 있기에
우리는 하나네

우리는 하나기에
영원한 대한민국이네

한글은 읽고 쓰기 좋은 글
누구나 익히고 쉽고
사용하기 편리한 글

세상의 온갖 소리를
담아 놓은 아름다운 글

자음과 모음의 환상적인
어울림이 만들어낸 소리글

우리글만의 독특한 구조로
짜여진 독창적인 글

한글은 일등국가의 글
세계로 뻗어 나갈
대한민국의 글

자랑스러운 우리글이 있기에
우리는 행복하여라

지키고 더욱 발전시켜서
자손 누대로 물려줘야 할 한글

나라 사랑

부모가 있어 태어났지만
안녕된 나라가 있어
행복을 누린다네

이 나라는 내 보금자리요
우리 모두의 안식처

나라 사랑 방법
어려운데 있는 것 아니네

주어진 자리에서 열심히 일하고
나라에 대한 의무 충실히 이행하고
모두가 한뜻으로 뭉치고

나라 사랑하자 외치는 것도
나라를 위해 무엇을 헌신할 것인지

생각하는 자세 모두 나라 사랑이네

우리 후손에게 대대로 물려줄
우리 땅, 우리 조국
사랑으로 영원히 보전하세

사랑의 열매

ⓒ김영성, 2022, Printed in Seoul, Korea

초판 1쇄 인쇄 | 2022년 07월 01일
초판 1쇄 발행 | 2022년 07월 07일

지은이 | 김영성
펴낸이 | 고미숙
편   집 | 구름나무
펴낸곳 | 쏠트라인saltline

등록번호 | 제452-2016-000010호(2016년 7월 25일)
제 작 처 | 04549 서울 중구 을지로18길 46-10
           31533 충남 아산시 방축로 8, 101-502
전화번호 | 010-2642-3900
전자우편 | saltline@hanmail.net

ISBN : 979-11-92139-18-0 (03810)
값 : 12,000원